RÉFLEXIONS

SUR

LA NOTE SECRÈTE.

RÉFLEXIONS

DE H. AZAÏS,

SUR LA NOTE SECRÈTE

QUI A ÉTÉ ADRESSÉE

AUX PUISSANCES ALLIÉES.

Prix, 1 franc.

A PARIS,

Chez BÉCHET, libraire, quai des Augustins, n° 57,
et chez les principaux libraires du Palais-Royal.

1818.

DE L'IMPRIMERIE DE DENUGON.

RÉFLEXIONS

SUR

LA NOTE SECRÈTE.

Une note secrète, adressée aux principaux souverains de l'Europe, par des hommes qui ne sont ni ambassadeurs ni souverains !

A la lecture d'une pièce si extraordinaire, les réflexions viennent en foule; choisissons les plus importantes : je commence par celles qui naissent du titre et de l'objet.

L'usage, fondé sur les convenances, a établi que les chefs des États ne correspondraient, par des notes secrètes, qu'avec des hommes revêtus d'un caractère diplomatique. On a peine à concevoir comment de telles démarcations entre les monarques ou leurs cabinets, et de simples particuliers, démarcations si utiles à l'ordre politique, peuvent être franchies par des hommes qui font profession d'avoir conservé tout le sentiment des hautes bienséances. L'homme sans fonctions élevées et authentiques, qui ne respecte pas ce qu'il y a de plus nécessaire, de plus naturel, dans les distances sociales, et qui, par une correspondance non demandée, se place sur la ligne des rois ou de leurs représentans immédiats, un tel homme confond, autant qu'il est en lui, le rang souverain avec les classes inférieures ; il provoque très-fortement cette application funeste du niveau révolutionnaire, qui ne s'arrête point à l'égalité des sujets, mais qui rabaisse la royauté. La dignité des trônes est leur première garantie.

Mais si les auteurs de la note secrète ont, par le titre et le caractère de leur ouvrage, contrevenu à l'un des principes généraux de l'ordre monarchique, ils ont donné pour objet à leur ouvrage même de renverser la base fondamentale de toute monarchie; ils ont tenté de soumettre l'autorité du Roi de France à l'influence impérative des souverains étrangers; ils ont invité ces souverains à déterminer, par leur puissance, la composition du ministère français.

A quel vain simulacre ont-ils donc voulu réduire l'autorité royale? et lorsque le titulaire d'une propriété quelconque considère comme son premier droit de pouvoir en confier l'administration à l'homme qui lui paraît digne de cette confiance, que resterait-il de la royauté entre les mains d'un monarque à qui un ministère serait imposé?

Les auteurs de la note secrète ont senti à quelle imputation ils s'exposaient : pour la détourner, ou du moins pour l'affaiblir, ils ont commenté, au gré de leurs intérêts, les engagemens que, depuis le mois de mai 1814, les souverains alliés ont contractés, à diverses reprises, soit entre eux, soit avec le Roi de France.

Ce commentaire n'est jamais qu'un sophisme. Dans tous les traités qui ont eu lieu, et dans les diverses notes diplomatiques qui les ont accompagnés ou suivis, on ne voit jamais qu'un concert très-prudent, très-sage, entre le Roi de France et les souverains alliés, pour prévenir, au sein de la France, et généralement en Europe, la résurrection du fanatisme révolutionnaire et de l'esprit de conquête; mais on n'aperçoit jamais, comme moyen possible et éventuel d'atteindre cet objet, une limitation injurieuse à la première prérogative du Roi de France; ses augustes alliés n'ont jamais insinué, même de la manière la plus éloignée, que, pour la conservation de l'ordre et des principes monarchiques en Europe, il puisse jamais devenir nécessaire d'imiter, en France, les assemblées fanatiques et révolutionnaires, qui contraignirent l'infortuné Louis XVI à écarter des ministres qui lui étaient chers, et à les remplacer par des ministres qui lui étaient odieux. Ce procédé fut un coup de hache, qui trancha la principale racine de l'arbre monarchique, le réduisit à un tronc flétri et stérile, embarrassant pour la terre même qui le supportait : l'horrible catastrophe du 21 janvier en fut la conséquence.

Les souverains alliés n'auraient-ils pas frémi de prévoir que l'on pourrait enfermer un jour dans les conséquences, même les plus indirectes, de leurs engagemens, une absurdité si fatale et si cruelle ?

Lorsque le peuple français vit, en 1814, toutes les armées de l'Europe sur son territoire, et les souverains alliés réunis au sein de sa capitale, c'était lui-même qui avait amené ce spectacle terrible ; pendant les années précédentes, il avait dépassé toute mesure dans l'action de sa puissance et l'ardeur de son courage ; les armées de l'Europe le firent rentrer dans les limites du droit et de la justice ; elles refoulèrent ses excès ; mais elles ne brisèrent point son existence ; les souverains qui les commandaient nous protégèrent contre elles et

contre nous-mêmes ; ils nous aidèrent à re-
prendre le Gouvernement qui, seul, pouvait concilier notre retour à la tranquillité
sociale avec la sûreté des autres peuples et
leur indépendance.

Il est de toute vraisemblance que peu de
temps après le premier rétablissement de
la paix européenne, les souverains alliés
prévirent que la France serait bientôt li-
vrée à de nouvelles secousses, à de nou-
veaux déchiremens. Cette prévoyance était
facile ; car des légions d'écrivains, aveuglés
ou passionnés, ne cessaient d'insulter, de
menacer, d'exaspérer ce lion révolutionnaire que la modération avait calmé.

Cependant les souverains étrangers ne
s'arrogèrent point le droit d'ordonner, de
conseiller même au gouvernement français
un changement, soit dans le ministère,
soit dans les autorités d'un genre quelconque, qui favorisaient tant d'impruden-
ces. Au terme de moins d'un an, obligés
de vaincre une seconde fois l'irritation et

l'exaltation d'un grand peuple, ils sentirent combien il leur était nécessaire de se donner, pour l'avenir, des garanties contre sa force et sa colère ; ils fixèrent autour de lui une armée imposante, propre à réprimer subitement les premiers élans de sa véhémence ; mais ils ne se permirent point d'étendre jusques au gouvernement leur surveillance et leurs précautions : ils lui laissèrent de nouveau la liberté essentielle, inaliénable, de composer à son gré toute l'administration intérieure ; ils respectèrent dans le Roi la faculté de tout homme libre, celle d'être à son gré sage ou imprévoyant.

Ces deux mots nous conduisent à l'examen de la question principale. Le gouvernement du Roi, depuis 1815, a-t-il été imprévoyant ou sage ?

Et d'abord le fait le plus marqué inspire aux hommes de bonne foi une réponse frappante. Quiconque est juste par inclination, et embrasse par ses souvenirs une étendue de temps un peu considérable, prononce, sans hésiter, que la France, toujours sur les bords d'un abîme pendant les six derniers mois de 1815, encore très-menacée d'une subversion générale pendant la plus grande partie de 1816, s'est enfin relevée, et que depuis la fin de cette année 1816, c'est-à-dire depuis deux ans, l'ordre public, la paix des esprits, n'ont cessé de faire des progrès soutenus.

Mais pourquoi cette progression consolante n'a-t-elle commencé que vers la fin de 1816 à être forte et rapide? Parce qu'il a fallu d'abord écarter les obstacles qui l'empêchaient de s'établir; que ces obstacles étaient très-formidables; qu'avant de les heurter de front, il fallait user leur résistance et diviser leurs appuis,

Quels étaient ces obstacles? d'où procédaient-ils? De la nature humaine et des circonstances. La nature humaine, après un certain temps d'action dans un sens quelconque, se porte toujours dans le sens opposé. Depuis vingt-neuf ans, la France a été le théâtre de la lutte mutuelle entre l'ordre ancien devenu suranné, et l'ordre nouveau devenu nécessaire, ces deux ordres s'arrachant alternativement la prépondérance. Une telle lutte, quoique mutuelle, a toujours été inégale ; c'est-à-dire que chaque conquête de l'ordre nouveau a toujours été supérieure en force et en étendue à chaque retour de l'ordre ancien ; ce qui portait les esprits justes à présager l'issue définitive ; mais ce qui n'empêchait pas l'ordre ancien d'être réellement dominateur pendant les phases intermittentes de ses triomphes.

En 1815, il dominait surtout par la force des événemens, qui lui prêtèrent une effrayante puissance.

Le gouvernement du Roi, associé par les circonstances à ce torrent rétrograde, céda prudemment à son impulsion. Il se ménagea ainsi les moyens de la maîtriser au terme de sa violence. A cette époque, les patriotes ombrageux étaient ulcérés de la marche du ministère, et même les patriotes éclairés étaient dans l'inquiétude ; car rien encore ne pouvait se montrer avec clarté dans la

conduite ni dans le sort des ministres ;
ceux-ci foulaient d'un pied tremblant une
terre singulièrement agitée : sous chacun
de leurs pas un gouffre pouvait s'ouvrir.

Jamais la situation d'un grand peuple
n'a été plus critique que celle du peuple
Français depuis le mois de juillet 1815 jusques au mois de septembre 1816 : la réac-
tion de l'ordre ancien, malgré sa faiblesse
naturelle, ayant acquis une force presque
égale à celle de l'ordre nouveau, fut sur le
point de porter à celui-ci un coup assez
violent pour que les suites en fussent ef-
froyables ; car la France nouvelle, trop
fière pour être soumise, se serait immolée
de honte et de désespoir.

Mille fois honneur et reconnaissance au
gouvernement ferme et habile qui, le 5
septembre, sauva la France du suicide.

Mais toute victoire difficile et importante
jette naturellement dans l'exaltation les
hommes qui en profitent; il est peu de
vainqueurs qui sachent être justes : cela est

vrai, surtout, des hommes qui sont engagés sous les bannières d'un parti; les hommes réunis par des intérêts communs sont toujours plus impétueux dans leurs mouvemens que les hommes isolés ; d'ailleurs, dans toute réunion de ce genre, il y a une masse de subalternes et un petit nombre de chefs; les subalternes, pressés de monter au premier rang, s'efforcent de se faire distinguer par un redoublement de véhémence, tandis que les chefs enchérissent à l'envi sur tous les subalternes, afin de conserver le premier rang. C'est ainsi que la progression ascendante d'opinions, de sentimens, de passions, étant essentielle à un parti de nature quelconque, chacun de ceux qui le composent se trouve insensiblement emporté bien au-delà de ses dispositions primitives; en sorte que, si une puissance extérieure ne pose avec fermeté des limites à cette progression, elle aboutit indubitablement au délire, trop souvent par la voie du crime, toujours par celle du désordre.

Ainsi, dès le lendemain de la victoire

du 5 septembre, les partisans de l'ordre
nouveau, en faveur desquels le Gouvernement l'avait remportée, ne pouvaient man-
quer de suivre impétueusemént la ligne de
l'exigeance. Le gouvernement, qui, en fai-
sant triompher la cause de l'ordre nouveau,
n'avait voulu être que juste, ne devait pas
en partager l'exaltation; il devait, au con-
traire, la modérer, la retenir, afin que, d'un
autre bout de l'horizon, ne jaillissent pas,
sur le sol français, de nouvelles tempêtes.

Cette barrière de la force et de la prudence fut habilement posée par le Gouvernement; et une telle barrière, placée au
centre même du champ de bataille, devait
naturellement devenir le point d'attaque
des deux armées; il fallait bien du courage,
bien de la vigilance, pour l'affermir.

Elle a resté; elle est debout; et, par cela
même qu'elle n'a pas été abattue, elle s'est
fortifiée; car, c'est au premier instant surtout que deux torrens de passions, qui mar-
chent en sens inverse, ont toute leur violence; puisque, pendant les deux années

1817 et 1818, la forteresse de la modération n'a pu être prise d'assaut, elle n'a plus
rien à risquer des lenteurs d'un siége.

Et tel est réellement le point de vue sous
lequel on doit considérer aujourd'hui la
position du Gouvernement. On peut affir-
mer qu'il a décidément vaincu, puisqu'il
existe; il ne s'agit plus, pour lui, que de
faire accepter, de part et d'autre, les fruits
de sa victoire; on ne saurait méconnaître
que telle est son intention. Dans son action
contre les écarts des divers partis, il y a
souvent de la fermeté, plus souvent de la
prudence, jamais de la passion, encore
moins de la haine.

Et en effet, les Français attachés, de part
ou d'autre, aux bannières d'un parti, ne
sont, presque tous, que des hommes éga-
rés par des idées extrêmes, ou malheureux
par une position difficile, ou encore déchirés par de cuisans souvenirs; à de tels
hommes, un gouvernement sage et pa-
ternel doit plus que de l'indulgence; la plu-
part méritent ses consolations; quelques-

uns ont droit à son estime. Que d'hommes dignes d'une vénération profonde, parmi ceux qui, au milieu de nous, pleurent sur les ruines de l'ordre ancien ! Cette pierre, qu'ils gardent avec respect, cette pierre, débris sacré d'un édifice au sein duquel ils ont connu tant d'affections touchantes.... Hélas ! ce sera bientôt leur pierre sépulcrale ! D'une main tremblante, ils y gravent leurs regrets.

Et d'un autre côté, cette branche flétrie, à laquelle sont suspendus des drapeaux déchirés, que tant de guerriers contemplent d'un regard fier et sombre..., hélas ! ce fut un laurier.

Ce qui distingue les hommes généreux, les hommes forts, c'est leur condescendance pour les sentimens, pour les erreurs même qui honorent la nature humaine.

Et un Gouvernement, centre de protection et de puissance, ne serait pas composé d'hommes généreux !

Et au lieu de cette force, qui maintient

dans les grandes âmes le calme de l'impar-
tialité, on voudrait voir, dans l'âme des
chefs de l'État, cette faiblesse qui cherche
des secours au sein des factions et de l'in-
justice !

Venez à moi, disent les orateurs de chaque parti; sans cela vous tomberez, car vous
serez sans appui.

Restez avec moi, dit la sagesse; car les
partis s'enflamment, se précipitent, se dé-
chirent, s'évanouissent; et la raison de-
meure; c'est pour elle que, sans cesse, le
Temps travaille; toute la vraie politique
est dans cette maxime : sachez saisir d'avance
les bienfaits du Temps.

Ils confondent bien des choses ceux qui
citent une nation voisine : là, disent-ils, le
gouvernement n'est jamais autre chose
qu'une tête de colonne; et cette colonne est
un parti.

L'Angleterre, comparée à la France, n'est
point divisée en différens partis; car, sous
le rapport des mœurs, du climat, des opi-

nions religieuses, des intérêts généraux, l'Angleterre forme un tout parfaitement homogène; et en France, tout est dissemblable sous le rapport des intérêts généraux, des opinions religieuses, des mœurs et du climat.

Ce n'est plus en Angleterre que s'effectue la lutte, toujours acharnée, toujours critique, d'un ordre ancien et d'un ordre nouveau; depuis près de deux siècles, celle-là est consommée; chez nous elle s'avance.

En Angleterre, l'opposition n'est formée que par la diversité des intérêts personnels, élément de division qui, en y comprenant l'amour-propre, sera éternel dans les sociétés humaines.

En France, à la diversité des intérêts personnels, s'unit la différence tranchée des opinions, des souvenirs, des habitudes; il y a réellement deux peuples en France; depuis cent soixante ans, il n'y a plus qu'un peuple anglais.

En Angleterre, les ressources publiques et particulières sont très-considérables;

elles sont près de suffire au nombre et à l'ardeur de toutes les ambitions individuelles.

En France, de grandes catastrophes pèsent fortement encore sur les fortunes particulières et sur la fortune publique ; une foule d'hommes, rendus surnuméraires par des événemens terribles, sollicitent, pressent, gémissent ; presque tous ont à faire valoir des services ou des droits ; et les dispensateurs des grâces sont loin de pouvoir les satisfaire ; et chaque faveur fait des jaloux, et chaque refus provoque des murmures ; et l'ordre nouveau réclame au nom de l'activité, au nom du travail, au nom du siècle, au nom des lumières ; et l'ordre ancien réclame au nom de la propriété, au nom de la fidélité, au nom de l'infortune ; et le père commun des Français a deux familles divisées, qui lui sont également chères, qu'il veut également protéger, consoler, apaiser !....

Ah ! il y parviendra : son cœur est si plein d'affection ! sa pensée est si pleine

de raison! sa conduite est si pleine de mé-
nagemens et de prudence! Chaque jour on
se confie, on espère, on se ranime; l'opi-
nion que le peuple entier prend de la marche et de la stabilité du gouvernement, est
manifestée par deux témoignages d'une
haute évidence : l'industrie et le crédit.

Encore un peu de temps, et la France
sera rendue à toute sa destinée : métropole
des arts, des sciences, de la civilisation,
elle régnera sur tous les peuples par l'ur-
banité de ses mœurs et les charmes de son
caractère ; ses passions seront calmées ;
l'ordre nouveau et l'ordre ancien seront
enlacés par le mélange des intérêts ; la
raison de l'un aura perdu son âpreté ; les
regrets de l'autre auront perdu leur amer-
tume; il ne restera plus entre eux que ces
nuances légères qui donnent du mouve-
ment à la société et de l'exercice à la dé-
férence.

Augustes souverains, qui avez aidé le
Roi de France à préparer un si beau ré-

sultat, jouissez de vos nobles intentions ; mais laissez-le maintenant achever son œuvre généreuse ; le gouvernement qu'il a fondé suffit à notre pacification et à la tranquillité de l'Europe ; le char de la révolution européenne, guidé par la France, est soumis désormais à une direction paisible et sûre ; il atteindra, sans froissemens, sans secousses, le terme de la carrière ; toutes les institutions deviendront sages et libérales ; tous les trônes seront affermis ; tous les peuples se reposeront.

www.ingramcontent.com/pod-product-compliance
Lightning Source LLC
LaVergne TN
LVHW050241030726
842520LV00006B/2146